Rosana, Lili et Qing, 1er jour d'école
Théo, Eolin et Georges
Suzanne, la copine de maman
Théo et son papa, André
M. Vainqueur

Lili & Colin

1- La rentrée des bêtises

SCÉNARIO : DELPHINE-LAURE THIRIET

DESSIN : ALEX-IMÉ

- ON N'A PAS OUBLIÉ QUELQUE CHOSE ?
- BAH NON, J'CROIS PAS.

plumeverte

Merci à Suzie et Thierry de m'avoir fait confiance sur ce projet. Merci à Alex qui a donné forme aux jumeaux et le résultat est tellement... chwit et waouh !
Pour Virgile.
Et à tous les lecteurs de Guyane, petits et grands !

Delphine-Laure Thiriet

Un très grand merci à Delphine, Suzie et Thierry, pour votre confiance, vos conseils et votre bienveillance.
Ce projet a été un bonheur du début à la fin grâce à vous !

Merci à Nicolas pour ses avis et conseils avisés.
Merci à Anne Claire pour son soutien, et pour son aide pour la création de la couverture.

Merci à la petite centaine de personnes à qui je pense en écrivant ces lignes, à ceux qui comptent, à ceux qui rendent ma vie plus chouette.

Et à la Guyane bien sûr.

Alex-Imé

ISBN : 978-2-35386-000-5

loi n°49-956 du 16 juillet 1949 sur les publications destinées à la jeunesse, modifiée par la loi n°2011-525 du 17 mai 2011

Dépôt légal : octobre 2018
Imprimé en Chine

PLUME VERTE
9 rue des plaisanciers
97354 RÉMIRE-MONTJOLY
GUYANE FRANÇAISE

LA RENTRÉE DES BÊTISES

MAMAN ?
MAMAN ?
PAS DE MAMAN DANS LA CUISINE...
ALORS ?
ELLE EST PARTIE SANS NOUS !
PUISQU'ON EST EN RETARD, PRENONS LE PETIT-DÉJEUNER CALMEMENT.
OH, REGARDE !!
Caresse Guyanaise
UN MOT DE MAMAN.
FAIS VOIR...

QUEL MALADROIT ! ON NE VOIT PLUS RIEN !
OUPS...
REGARDE, C'EST ÉCRIT EN ROUGE.
"RENTRÉE" !
MOI, JE PENSAIS QUE C'ÉTAIT DANS SUPER LONGTEMPS...
Grat Grat
J'AI RÊVÉ CETTE NUIT QU'ON ÉTAIT EN RETARD À L'ÉCOLE...
ET PAF !
LAVER LES DENTS !
VITE !
FAIRE PIPI !
L'UNIFORME !
VITE !
LE CARTABLE !
VIIITE !
5 MINUTES PLUS TARD...
JE SUIS PRÊTE.
MOI PRECHQUE ...

EN ROUTE !
PFOU
PFOU
ATTENDS, J'AI MES TONGS !
PFOU
ON Y EST !
PFF PFF
PFF PFF
LA GRILLE EST FERMÉE, BIEN SÛR...
C'EST BIEN FERMÉ.
JE SONNE.
PERSONNE.
Tut Tuut Tuut tut
FAIS-MOI LA COURTE ÉCHELLE.
J'Y SUIS !

À TOI !
TU VAS VOIR, C'EST TRÈS FACILE.
HEU...
COMMENT JE FAIS POUR MONTER...?
COMME ÇA PEUT-ÊTRE ?
VIENS, ON ESSAYE.
AÏE !!
FAIS ATTENTION, J'SUIS PAS UN ESCALIER !
DÉSOLÉ, LILI, JE FAIS CE QUE JE PEUX...
J'AI PERDU UNE TONG ET JE SAIGNE DU NEZ !
ET EN PLUS JE VAIS ÊTRE TOUT SALE.
ET NOS SACS ?
TANT PIS, ON Y VA !
PERSONNE NE DIRA QU'ON N'A PAS ENVIE D'ALLER À L'ÉCOLE !
FLÛTE, ILS SONT TROP LOIN POUR QU'ON LES ATTRAPE.

OH !
TOUT VA BIEN, NANCY ?
UN SMS DE JEAN, MON MARI, QUI RENTRE DE SON REPORTAGE...
"JUMEAUX PAS LÀ ET MAISON OUVERTE ?!?"
TOC TOC TOC
TOC TOC
ON EST EN RETARD.
BARDON ...
BAIS...
VOUS ÊTES TOUS LÀ ?! ET LES ÉLÈVES...?
CE N'EST QUE LA RENTRÉE DES PROFS, AUJOURD'HUI...
JE CROIS QUE C'EST AUSSI LA RENTRÉE DES BÊTISES !
FIN

JEAN-BAPTIIIIIIISTE !

SOYEZ SAGES, EMPRUNTEZ UN LIVRE CHACUN ET REJOIGNEZ-MOI PLACE DES AMANDIERS.
N'OUBLIEZ PAS QUE LA BIBLIOTHÈQUE FERME PLUS TÔT AUJOURD'HUI...
T'INQUIÈTE PAS, MAMAN !
ON GÈRE, TU NOUS CONNAIS !
REGARDE, UN ARLEQUIN DE CAYENNE, C'EST JOLI !
ET ICI ! UN PAPILLON CHINOIS VERT !
COMMENT CHOISIR ?
DIS, LILI... IL EST QUELLE HEURE ?
EUH...IL EST SUPER TARD, EN FAIT !! ON N'A PAS FAIT ATTENTION AUX ANNONCES !
MINCE !
ON NE POURRA RIEN EMPRUNTER...
ET MAMAN DOIT NOUS ATTENDRE...
TULULUUUL
HIIIIIII !!!

TULUUULULULULUUUUU
MAIS QU'EST-CE QUE VOUS FAITES LÀ, LES ENFANTS ?
ON S'INSTRUIT, M'SIEUR.
ALLEZ, FILEZ VITE !
Bip Bip Bip
DÉSOLÉS POUR L'ALARME...
ATTENDS, JE PERDS MON SHORT !!
ZUT, J'AI EMPORTÉ UN LIVRE...!
COUCOU MAMAN, COUCOU SUZANNE !
IL EST TARD...!
VOUS N'AVEZ EMPRUNTÉ QU'UN LIVRE ?!
ON A TOUT LE RESTE DANS LA TÊTE !!
OUI, NOS TÊTES SONT BIEN PLEINES, MAIS PAS NOS VENTRES...

TU NOUS PRÊTES TON TÉLÉPHONE POUR QU'ON CONTINUE NOS RECHERCHES ?
D'ACCORD, MAIS PAS DE BÊTISES.
ALORS, VOYONS...
Tip Tip Tip
J'EMPORTE TON MADRAS, TON PATRON DE COUTURE, ET JE M'EN OCCUPE CE WEEK-END.
MERCI, NANCY, TU M'AIDES VRAIMENT.
FLÛTE, ÇA NE FONCTIONNE PLUS ...
Tip Tip
MAIS...! TU AS TOUT BLOQUÉ !!
QUOI ?!?
ON NE FINIRA JAMAIS CET EXPOSÉ POUR VENDREDI !
Tip Tip Tip Tip Tip
AH, BRAVO, LES ENFANTS. ENCORE UNE FOIS.
ON POURRA UTILISER L'ORDINATEUR À LA MAISON...?
Tip Tip
L'EXPOSÉ EST POUR VENDREDI...
ON Y VA.
À BIENTÔT, SUZANNE !
S'IL TE PLAAAÎÎÎÎT
ON VA FINIR PAR FAIRE UN EXPOSÉ SUR UNE MOUCHE !

FAUT QU'ON SE DÉCIDE, COLIN ! ENSUITE ON LE FERA VITE, CET EXPOSÉ.
REGARDONS AUTOUR DE NOUS.
LÀ ! UN RAVET !
ET LÀ-BAS, C'EST QUOI ? TU VOIS CES PETITS YEUX DANS LE BUISSON ?
ON PEUT DIRE QUE C'EST L'ANIMAL DONT ON PARLERA !
APPROCHONS-NOUS SANS FAIRE DE BRUIT...
FAIS ATTENTION, ÇA PEUT ÊTRE N'IMPORTE QUOI !
VIENS ICI, PETIT ANIMAL...
OH ! IL EST TOUT PETIT !!
MAIS QU'EST-CE QUE C'EST...?
PAPA !
REGARDE !
QU'EST-CE QUE C'EST ?
C'EST UN OPOSSUM, JE CROIS.
IL EST BLESSÉ, NON ?
ET SI ON LE GARDAIT ?

2 JOURS PLUS TARD...
IL EST TROP BEAU, NOTRE EXPOSÉ !
L'Opossum Souris
COMMENT ON L'APPELLE, NOTRE OPOSSUM, FINALEMENT ?
J'OUVRE MON AGENDA AU PIF. VAS-Y, LIS LA FÊTE DU JOUR !
...
JEAN-BAPTISTE...
OK ! TU PRÉSENTES L'EXPOSÉ AVEC NOUS, JIBÉ ?
T'ES SÛRE QUE C'EST UNE BONNE IDÉE...?
À L'ÉCOLE...
JE SUIS STRESSÉ... J'AI ÉCRIT 29 PAGES SUR LA DRYADE À QUEUE FOURCHUE, J'AI PEUR QUE CE NE SOIT PAS ASSEZ.
NOUS, ON A TRAVAILLÉ SUR UN OPOSSUM ! MÊME QU'ON EN A ADOPTÉ UN QUI AVAIT ÉTÉ ABANDONNÉ !!
REGARDEZ CE QU'IL Y A DANS LE SAC...
OH NON !
JEAN-BAPTIIIIIISTE !!!
FIN

DES ÉLÈVES MODÈLES

TIENS, TA FICHE.
ON A UNE FICHE ?
QU'EST-CE QUE TU AS DANS TON SAC À DOS ?
OH, LE STRICT NÉCESSAIRE.
UNE BROSSE À CHEVEUX, DES ÉLASTIQUES...
UN T-SHIRT DE RECHANGE...
MON JOURNAL INTIME ...
MA...
OH, NON !!!
JEAN-BAPTISTE !!
JIBÉ, TU N'AS PAS LE DROIT D'ÊTRE LÀ...
TOUT LE MONDE M'ÉCOUTE ?
OUI, OUI !!
BIEN SÛÛÛR !
POF
BIEN.
VOUS POUVEZ RÉPONDRE AUX DEUX PREMIÈRES QUESTIONS.
MAIS...?!
OÙ EST-IL PASSÉ ?

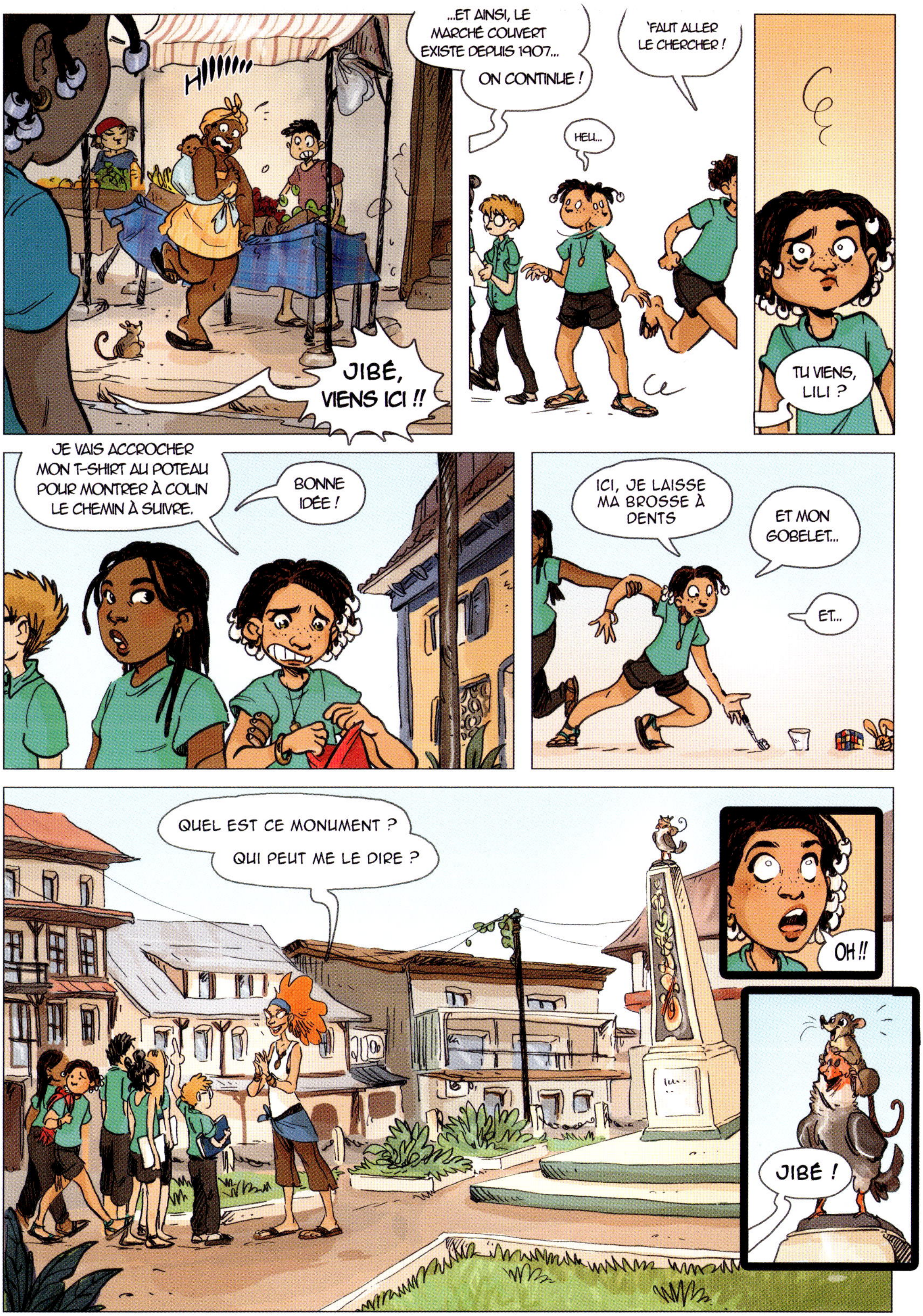
HI!!!!!
JIBÉ, VIENS ICI !!
...ET AINSI, LE MARCHÉ COUVERT EXISTE DEPUIS 1907...
ON CONTINUE !
HEU...
'FAUT ALLER LE CHERCHER !
TU VIENS, LILI ?
JE VAIS ACCROCHER MON T-SHIRT AU POTEAU POUR MONTRER À COLIN LE CHEMIN À SUIVRE.
BONNE IDÉE !
ICI, JE LAISSE MA BROSSE À DENTS
ET MON GOBELET...
ET...
QUEL EST CE MONUMENT ?
QUI PEUT ME LE DIRE ?
OH !!
JIBÉ !

OUI ?
TU AS LA RÉPONSE ?!
HEU...
...JE...
...NON...
C'EST UN MONUMENT AUX MORTS.
EXACTEMENT !
EN HOMMAGE AUX SOLDATS DE LA PREMIÈRE GUERRE MONDIALE.
OOOOH!!
VOUS ÊTES RÉACTIFS, C'EST BIEN.
ggh...
ALLEZ !
VOUS POUVEZ RÉPONDRE À LA QUESTION 3 !
Pouêt.
PFOU PFOU PFOU
SALUT LILI !
NON MAIS JE RÊVE !!
C'EST QUOI, CE JUS ?
BEN, J'AVAIS SOIF.
T'AS RAMASSÉ MES INDICES ? ...MON T-SHIRT...
QUELS INDICHES ?

MES AFFAIRES...
IL FAUT QUE J'Y RETOURNE...
SSRUUUUP
EN ROUTE POUR LA PLACE DES PALMISTES, LES ENFANTS !
FAITES VITE...
DÉPÊCHE-TOI, COLIN !
LÀ, MA BROSSE À DENTS !
JE COURS CHERCHER MON T-SHIRT !
TIENS, TIENS, TIENS... LILI ET COLIN !
...PAPA !
JE SUIS CHARGÉ DE PRENDRE DES PHOTOS DE VOTRE SORTIE.
VOUS N'ÊTES QUE DEUX ?
NON, NON, ILS SONT TOUS LÀ-BAS.
Hey !
ON SE DÉPÊCHE DE LES REJOINDRE, D'AILLEURS !

PFF, J'EN PEUX PLUS...!
ON Y EST !
À L'ORIGINE, IL Y AVAIT UNE FONTAINE, ICI.
ICI, FÉLIX EBOUÉ, ORIGINAIRE DE ROURA....
GEORGES, ON REGARDE UN PEU TA FICHE, D'ACCORD ?
FIN!!!!!!!!!!!!
HUMPF ...
PSSCCChhh
...NOUS ALLONS CONCLURE PAR UNE PHOTO DE GROUPE.
À CONDITION QUE PERSONNE NE BOUGE.
ÇA VOUS A PLU, LES ENFANTS ?
FIN

IMMERSION PROFONDE

ON Y EST. NOTRE CARBET EST LÀ-BAS.
IL SERT À ACCUEILLIR DES AMIS COMME VOUS.
QUAND ON EST SEULS, ON CONSTRUIT UN CAMPEMENT EN FORÊT.
PAS BESOIN DE CONFORT, NOUS AUSSI ON VA CONSTRUIRE UN CAMPEMENT !
OUAIS, EN PLEINE NATURE !
ALORS, VOYONS...
HEU...
ÇA TIENT PAAAS !!
ACCROCHE ÇA LÀ-BAS, JIBÉ...
VOUS DEVRIEZ VOUS DÉPÊCHER...
POURQUOI TU DIS ÇA ?
ON Y EST PRESQUE...!
FRRRRRrrrrrr...
POUR ÇA ! HA ! HA ! HA !

C'EST TRÈS MIGNON ICI, MAIS ÇA MANQUE UN PEU DE DÉCO.
TU AS PRIS AU MOINS UNE CHOSE DE LA LISTE QUE J'AVAIS PRÉPARÉE ?
VRAAAAC
FALLAIT PRENDRE QUELQUE CHOSE ?
VENEZ, LA PLUIE S'EST ARRÊTÉE, ON VA EN FORÊT.
YIHAAAA !! À NOUS L'AVENTURE !
ON VA MARCHER LONGTEMPS ?
ON DEVRAIT EMPORTER UN GOÛTER...
C'EST TRÈS TRANQUILLE EN FAIT..
IL N'Y A AUCUN ANIMAL.
POUAH !!
ÇA SENT SUPER MAUVAIS !
C'EST L'ODEUR DE L'OCELOT QUI ÉTAIT AU-DESSUS DE TA TÊTE IL Y A JUSTE UNE MINUTE.
ON TROUVERAIT PAS DES FRUITS SUR CETTE LIANE ?
RÈGLE NUMÉRO 1 EN FORÊT...
BOM
?
NE JAMAIS SECOUER UNE LIANE !

OH LÀ LÀ, J'AI MARCHÉ SUR DES OEUFS... BLEUS !
CE SONT DES OEUFS DE PERDRIX, C'EST TRÈS BON !
HIII ! Y A LA MAMAN CAÏMAN QUI VA NOUS POURCHASSER.
AH OUI ?
PAPAK, JE LES EMMÈNE PÊCHER, OK ?
D'ACCORD. ON COMPTE SUR VOUS POUR LE REPAS DE CE SOIR.
J'ACCOMPAGNE JEAN FAIRE DES PHOTOS.
HIII !!!
DES FOURMIS !!
COLIN, TU PEUX CASSER DES BRANCHES POUR RETROUVER LE CHEMIN ?
HEU...BEN C'EST VACHEMENT DUR DE CASSER UNE BRANCHE !
GNN !
J'AI CASSÉ MON COLLIER DE PERLES, ELLES POURRAIENT NOUS AIDER À RETROUVER LE CHEMIN !
BONNE IDÉE, ELLES SONT DE QUELLE COULEUR ?
VERTES.
OK, JE CHERCHE.
BON, SUIVEZ-MOI, SINON ON N'AURA PAS ASSEZ DE TEMPS...

VOILÀ, JE VOUS AI PRÉPARÉ DES APPÂTS.
TU SAIS TOUT FAIRE, THÉO !
UN ARC, UNE FLÛTE, UN KATOURY TRESSÉ...
VOUS LANCEZ LA LIGNE, COMME ÇA...
...LA CORDE ENROULÉE AUTOUR DU DOIGT, PUIS VOUS LA RAMENEZ.
COMME ÇA ?
Flop
Flop
OH, FLÛTE !
ON VA RIEN MANGER CE SOIR ?
30 minutes plus tard...
ON RENTRE, LA NUIT VA TOMBER ET J'AI PÊCHÉ ASSEZ DE POISSONS.
ON FERA AUSSI CUIRE DU COUAC SUR LA PLATINE POUR FAIRE DES CASSAVES.
GWOHOOOGWAOO...
I...IL Y A DES JAGUARS ?
HIII !!
HAHAHA !
SÛREMENT, MAIS LÀ, CE SONT DES BABOUNES !

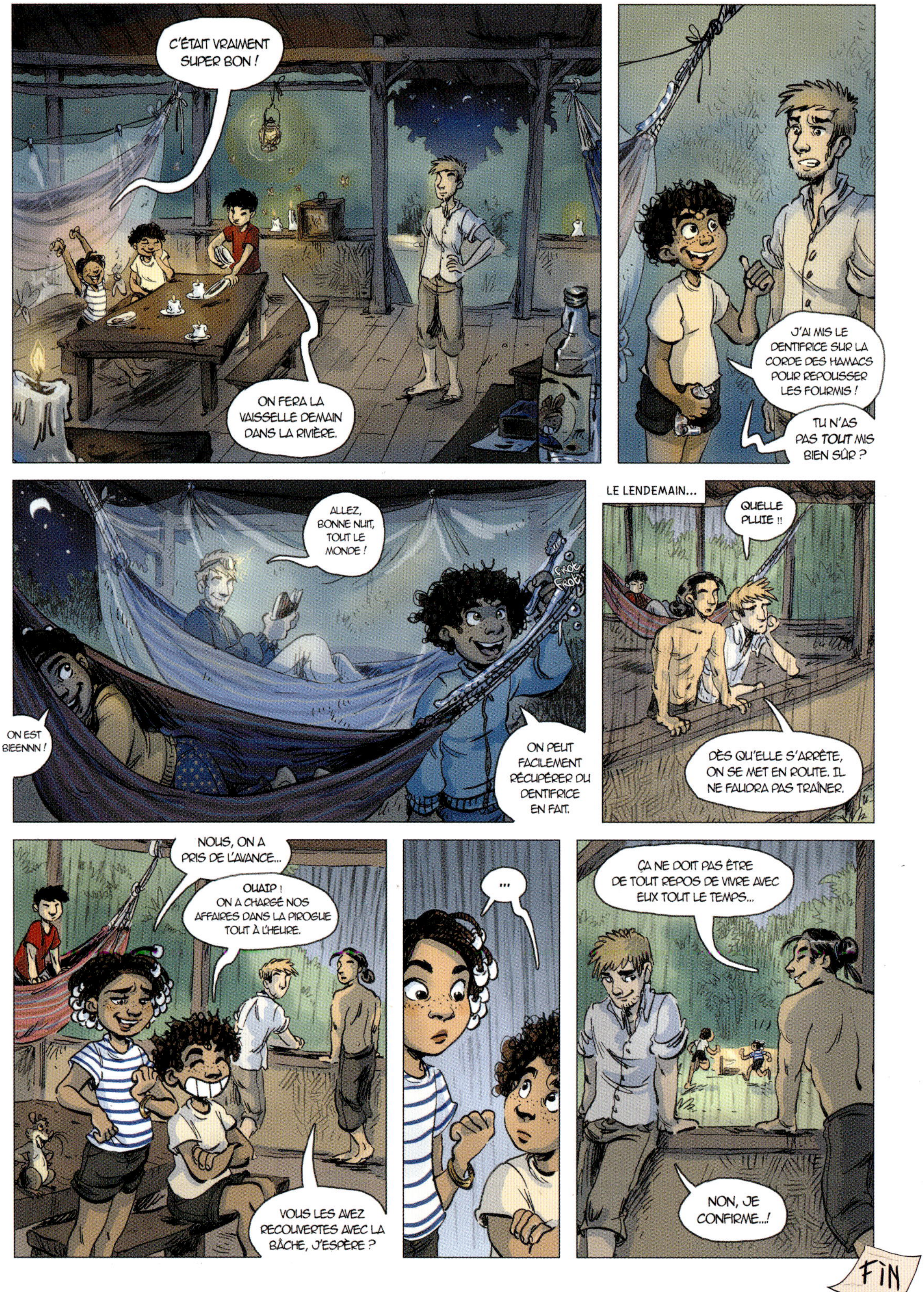
C'ÉTAIT VRAIMENT SUPER BON !
ON FERA LA VAISSELLE DEMAIN DANS LA RIVIÈRE.
J'AI MIS LE DENTIFRICE SUR LA CORDE DES HAMACS POUR REPOUSSER LES FOURMIS !
TU N'AS PAS TOUT MIS BIEN SÛR ?
ALLEZ, BONNE NUIT, TOUT LE MONDE !
FROT FROT
ON EST BIEENNN !
ON PEUT FACILEMENT RÉCUPÉRER DU DENTIFRICE EN FAIT.
LE LENDEMAIN...
QUELLE PLUIE !!
DÈS QU'ELLE S'ARRÊTE, ON SE MET EN ROUTE. IL NE FAUDRA PAS TRAÎNER.
NOUS, ON A PRIS DE L'AVANCE...
OUAIP ! ON A CHARGÉ NOS AFFAIRES DANS LA PIROGUE TOUT À L'HEURE.
VOUS LES AVEZ RECOUVERTES AVEC LA BÂCHE, J'ESPÈRE ?
...
ÇA NE DOIT PAS ÊTRE DE TOUT REPOS DE VIVRE AVEC EUX TOUT LE TEMPS...
NON, JE CONFIRME...!
FIN

Car wash

COMMENT GAGNER UN PEU D'ARGENT....?
ON POURRAIT JOUER DANS UN FILM.
OU FAIRE DES DÉFILÉS DE MODE.
OUVRIR UN RESTAURANT...
OH LÀ, STOP !!
ET SI VOUS LAVIEZ LA VOITURE ?
ON VOUS DONNERA L'ARGENT RÉSERVÉ POUR LA STATION DE LAVAGE.
GÉNIAL !
ON VOUS FERA UN PRIX !
LES CLÉS.
ET PAS DE BÊTISES...

MOI, JE SUIS LE ROI DE L'ASPIRATEUR !!
VZZ
SIFFLONS EN TRAVAILLANT... LALALALALA LAAAA !
FLOP FLOP
UNE BOUCLE D'OREILLE DE MAMAN...!
Hiii !
VZZZ
DIS DONC, TU EN LAISSES DES PAPIERS DE BONBONS ET DE GÂTEAUX !
IL Y A MÊME UNE SUCETTE !
AH OUI ? DONNE !
... BEURK !!
ET TOI, TU OUBLIES TOUJOURS DES TAS DE BABIOLES !
JE VAIS CHERCHER LES ÉPONGES ET LE SAVON.
OK, JE METS TOUS LES DÉCHETS DANS UN SAC POUBELLE.
C'EST DÉJÀ PLUS PROPRE !
YEP, CARRÉMENT !

MAMAN N'AVAIT PAS DIT QU'ELLE NOUS PRÉPARAIT DES SEAUX...?
TIENS, TON ÉPONGE.
ALLEZ, FAUT QUE ÇA BRILLE !
Frot
Frot
ÇA MOUSSE SUPER BIEN !
OUI, C'EST CHOUETTE !!
C'EST PAS UN PEU TROP...?
HEU... OUI, JE VAIS RINCER !
... COMMENT ÇA FONCTIONNE...?
?
AH ! COMME ÇA !
Clic

OH MAIS... ÇA MOUSSE ENCORE PLUS !
OÙ EST JIBÉ ?!?
...SUR LA VOITURE ?
ATTENDS, LAISSE-MOI RINCER ENCORE ...!
JiBÉÉÉÉ !!!
JiBÉ... Sniiif.. BouHOUHOouuu... JiBÉ... Snif Sniiif... BouHoouuu.
OH LÀ LÀ !!
I...IL A...
?
IL A OUVERT LA FENÊTRE PENDANT QUE J'ARROSAIS...!!
AAAAH, C'EST TOUT MOUILLÉ...
JIBÉÉÉ !!! TOUT VA BIEN ?!

ON VA AÉRER.
JE VAIS CHERCHER LES CHIFFONS POUR LUSTRER LA CARROSSERIE.
VOILÀ. ET QUE ÇA BRILLE !
OUI, CHEF !
ON TRAVAILLE DUR QUAND MÊME, ON AURA BIEN MÉRITÉ NOTRE ARGENT !
J'AI TROUÉ MON CHIFFON TELLEMENT J'AI FROTTÉ !!
IL RESSEMBLE AU CHEMISIER DE MAMAN, NON...?
QUELLE IDÉE !
FROTTE !
HUM...
ALORS, MME ET M. PROPRE ?
MAIS POURQUOI VOUS N'AVEZ PAS UTILISÉ CE QUE JE VOUS AVAIS PRÉPARÉ ?

MA ROBE EN SOIE !
LA CARROSSERIE TOUTE RAYÉE !
VOUS AVEZ FROTTÉ AVEC QUELLES ÉPONGES ?
C'EST MOUILLÉ... SALE...GRIFFÉ...
...JE VAIS METTRE LA VOITURE EN PLEIN SOLEIL...
PSST PSST
HÉÉÉ, REGARDE MAMAN !
ON A RETROUVÉ TA BOUCLE D'OREILLE !!
BOUM
QUI A DÉSACTIVÉ LE RADAR DE RECUL ?!?
BIEN, LES ENFANTS, VOICI VOTRE ARGENT...
POUR QUE VOUS NE LAVIEZ PLUS JAMAIS LA VOITURE.
BRAVO, JIBÉ...!
FIN

Cap sur les îles

ALLEEEEEZ,
ON VA SE BAIGNEEER !!!
NOUS, ON VA VISITER. AMUSEZ-VOUS BIEN !
YOUPIIIIIII !
SPLATCH
SPLATCH
ÇA VA MIEUX, COLIN ?
OUI, TRANQUILLE.
HIIIIIIIII
HA ! HA ! HA !! HA HA !
PFFFF, C'EST MALIN !
J'AI PERDU MON MAILLOT DE BAIN !
HA HA HA
HA HA HA HA
HA HA HA HA HA

C'EST PAS L'HEURE DE MANGER, LÀ ? CETTE TRAVERSÉE M'A DONNÉ FAIM...
VOYONS, OÙ EST-IL CE MAILLOT ?
OH ! DES SORBETS !
LE VOILÀ !!
TOUT VA BIEN, LES ENFANTS ?
JE VIENS ME METTRE DE LA CRÈME SOLAIRE.
BOUGE PAS, JE VAIS TE LA DONNER, JE SUIS RESPONSABLE DU SAC !
HOP ! MON PAPOUNET, JE TE METS DE LA CRÈME !
OH, ATTENDS, JE VAIS T'AIDER !
ET VOILÀÀÀ !
TU PEUX ALLER AU SOLEIL SANS INQUIÉTUDE.
JE VAIS REJOINDRE VOTRE MÈRE.
ON SE RETROUVE TOUS ICI POUR MANGER DANS UNE HEURE. ...SOYEZ SAGES.

ON PEUT SE PROMENER UN PEU DANS LES RUINES EN ATTENDANT LE REPAS.
OU JOUER À CACHE-CACHE ?
EN ROUTE !
JE COMPTE ! 1, 2, 3, 4..
5, 6...
98, 99 ...ET 100 !
J'ARRIVE !!
ELLE EST DRÔLEMENT BIEN CACHÉE...
FLÛTE, JE SUIS PERDU...JIBÉ, JE TE SUIS, TON INSTINCT DEVRAIT NOUS GUIDER.
MAIS QUE FAIT-IL...?!?
BON, J'Y VAIS, MAIS JE NE SAIS PLUS DU TOUT OÙ JE SUIS...
LILIIIIIIIIII
COOOOLIN ?

ON EST LAAAAA !
J'AI RETROUVÉ LE CHEMIN AVEC L'ODEUR DES SANDWICHS !
ÇA FAIT UNE HEURE QU'ON VOUS ATTEND !
VOUS NOUS AVEZ LAISSÉ UN SORBET, J'ESPÈRE !
À L'ÉTAT LIQUIDE, OUI.
VOUS SAVEZ QUI A LAISSÉ LA GLACIÈRE OUVERTE, HMM ?
WHOW ! PAPA, TU N'ES PAS UN PEU ROUGE ?
TIENS, OUI, C'EST VRAI !
TU N'AS PAS MIS DE CRÈME SOLAIRE, TOUT À L'HEURE ?
SI ! ON A MÊME MIS TOUT LE TUBE...
'SÛR QUE MA CRÈME CONTRE LES BOSSES PROTÈGE BIEN DU SOLEIL...
MAIS IL N'Y AVAIT QUE CELLE-LÀ DANS LE SAC POURTANT !
JIBÉ !!

L'HEURE AVANCE... ALLEZ DIRECTEMENT AU PONTON D'ACCOSTAGE AVEC LE SAC.
C'EST ASSEZ LOIN : ON NE DOIT PAS RATER LE BATEAU.
NOUS, ON FAIT ENCORE QUELQUES PHOTOS ET ON VOUS Y REJOINT.
?
?
ON A PEUT-ÊTRE LE TEMPS D'ALLER VOIR LA CHAPELLE ?
OUI, JE SURVEILLERAI L'HEURE, J'AI MA MONTRE.
C'EST VRAIMENT SUPER JOLI, CES FRESQUES.
PAPA M'A DIT QUE C'ÉTAIENT DES PEINTURES D'UN BAGNARD : LAGRANGE.
IL EST QUELLE HEURE...?
10h40.
... 10h40 ?!?
ELLE S'EST ARRÊTÉE ! ELLE FONCTIONNAIT TOUT À L'HEURE !
TU VEUX DIRE AVANT DE TE BAIGNER AVEC PEUT-ÊTRE...!
PFF, PFF... ON EST LÀ !
VIIIIITE !
LILI... OÙ EST LE SAC ?
HEU...
...BRAVO ! LES CLEFS DE LA MAISON SONT DEDANS !
ET AVEC LE LANCEMENT DE LA FUSÉE ARIANE DEMAIN, L'ÎLE EST DÉSORMAIS INACCESSIBLE !
FIN

TI-DICO DE JIBÉ

PAGE 10

ARLEQUIN DE CAYENNE

INSECTE LONGICORNE VIVANT EN FORÊT.

PAGE 13

RAVET

INSECTE COMMUN EN MILIEU URBAIN, APPELÉ AUSSI CAFARD.

PAGE 14

DRYADE À QUEUE FOURCHUE

PETIT COLIBRI QUI FRÉQUENTE AUSSI BIEN LES JARDINS QUE LA FORÊT.

PAGE 15

CHWIT !

CHOUETTE, SUPER !

PAGE 25

BABOUNE

SINGE HURLEUR ROUX.

PAGE 25

COUAC

FARINE DE MANIOC.

Les 3 ans de Lili et Colin
Nancy, maman comblée !
Jean qui surveille les enfants...
Cheeeeeeeeese !
Petits sioux !
Sur la plage des Salines
Jean et les jumeaux... Tout est sous con